我 希 望 有 个
如你一般的人

NOTEBOOK 1.0

随身携带的记事本

张嘉佳 著

从清晨到夜晚，由山野到书房
只要最后是你，就好

湖南文艺出版社　博集天卷

送给最重要的人
或者
让我留在你身边

故事开头总是这样，适逢其会，猝不及防。故事的结局总是这样，花开两朵，天各一方。

1

7/8/9

13

19/20/21

24/25

26/27

| 2/3/4/5 | 6 |

| 10 | 11/12 |

| 14/15/16/17 | 18 |

| | 22/23 |

| | 28/29/30/31 |

照顾好自己，
爱自己才能爱好别人。

To Do List

想去的地方

想读的书

想看的电影

想吃的东西

想尝试做的事

世界那么大，让我遇见你。时间那么长，从未再见你。

Monday

Tuesday

Wednesday

Thursday

Friday

Saturday

Sunday

Monday

Tuesday

Wednesday

Thursday

Friday

Saturday

Sunday

我们发生时，一切都无法阻挡。因为适逢其会，猝不及防。
我们结束时，一切都无以为继。所以花开两朵，天各一方。

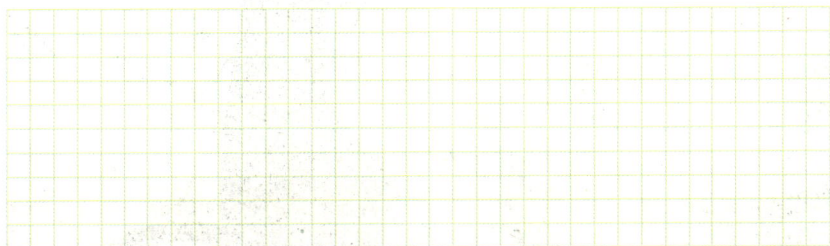

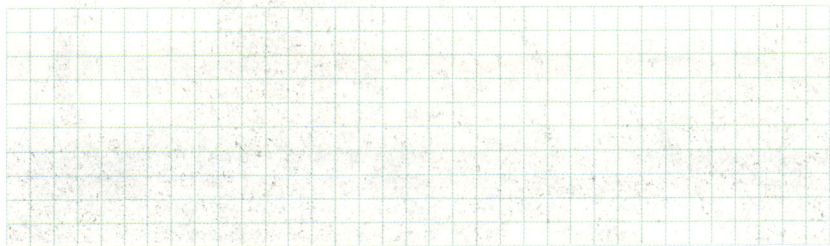

雨过天晴，终要好天气。
世间予我千万种满心欢喜，沿途逐枝怒放，全部遗漏都不要紧，得你一枝配我胸襟就好。

季节走在单行道上，所以，就算你停下脚步等待，为你开出的花，
也不是原来那一朵了。
偶尔惋惜，然而不必叹息。

在送行的夜晚，因为不知道下次相聚是什么时候，
因为你喝醉了趴在桌上，他偷偷亲了你脸颊一下。
你假装没觉察，他假装很冷静。
有些喜欢，就是麦田里曾降临过的风，只有当事人明了，而这世界假装没发生。

记忆打亮你的微笑，要如此用力才变得欢喜。

1

7/8/9

13

19/20/21

24/25

26/27

月

2/3/4/5

6

10

11/12

14/15/16/17

18

22/23

28/29/30/31

无论你想留在哪一天，
天总会亮的。

To Do List

想去的地方

想读的书

想看的电影

想吃的东西

想尝试做的事

我会承诺很多，实现很少，我们会面对面越走越远，肩并肩悄然失散。你会掉眼泪，每一颗都烫伤我的肌肤。你应该留在家里，把试卷做完，而不是和我一起交了空白纸张。对不起，爱过你。

Monday

Tuesday

Wednesday

Thursday

Friday

Saturday

Sunday

Monday

Tuesday

Wednesday

Thursday

Friday

Saturday

Sunday

你是退潮带来的月光，你是时间卷走的书签，
你是溪水托起的每一页明亮。
我希望秋天覆盖轨道，所有的站牌都写着八月未完。

我从一些人的世界路过，一些人从我的世界路过。

Monday

Tuesday

Wednesday

Thursday

Friday

Saturday

Sunday

这个世界上，没有两个真的能严丝合缝的半圆。只有自私的灵魂，在寻找另外一个自私的灵魂。我错过了多少，从此在风景秀丽的地方安静地跟自己说，啊哈，原来你不在这里。

美食和风景的意义，不是逃避，不是躲藏，不是获取，不是记录，而是在想象之外的环境里，去改变自己的世界观，从此慢慢改变心中真正觉得重要的东西。

我喜欢独自一个人，直到你走进我的心里。

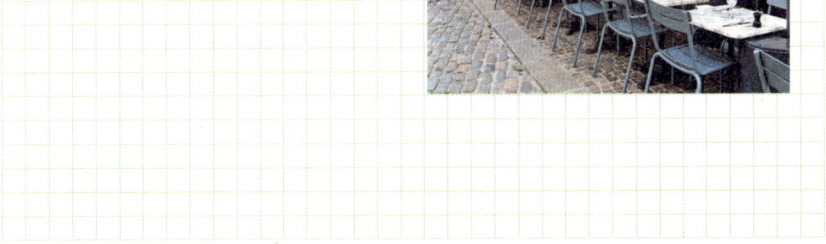

回忆不能抹去，只好慢慢堆积。岁月带你走上牌桌，偏偏赌注是自己。

1

7/8/9

13

19/20/21

24/25

26/27

月

2/3/4/5

6

10

11/12

14/15/16/17

18

22/23

28/29/30/31

过自己想要的生活，上帝会让你付出代价，但最后，这个完整的自己，就是上帝还给你的利息。

To Do List

想去的地方

想读的书

想看的电影

想吃的东西

想尝试做的事

Monday	Tuesday	Wednesday	Thursday	Friday

Saturday	Sunday	

我觉得这个世界美好无比。晴时满树花开，雨天一湖涟漪，阳光席卷城市，微风穿越指间，入夜每个电台播放的情歌，沿途每条山路铺开的影子，全部是你不经意写的一字一句，留我年复一年朗读。这世界是你的遗嘱，而我是你唯一的遗物。

Monday	Tuesday	Wednesday	Thursday	Friday

Saturday	Sunday	

一个人的记忆就是座城市，时间腐蚀着一切建筑，把高楼和道路全部沙化。
如果你不往前走，就会被沙子掩埋。

所以我们泪流满面，步步回头，可是只能往前走。
哪怕往前走，是和你擦肩而过。

Monday	Tuesday	Wednesday	Thursday	Friday
Saturday		Sunday		

我突然希望有一秒永远停滞，哪怕之后的一生就此消除。眼泪留在眼角，微风抚摸微笑，手掌牵住手指，回顾变为回见。

你亲手把书递到我手里，我再亲手交还给你，
中间就是这本书打开的世界，我们交会而过。

青春原来那么容易说好。大家说好，时间说不好。

你们说好，酒吧唱着悲伤的歌，风铃反射路灯的光芒，全世界水汽朦胧。你们说好，这扇门慢慢关闭，而我站在桥上。

最大的勇气，就是守护满地的破碎。
然后它们会重新在半空绽开，如彩虹般绚烂，携带着最美丽的风景，
高高在上，晃晃悠悠地飘向落脚地。

我可以回到这座城市，而时间没有返程的轨道。

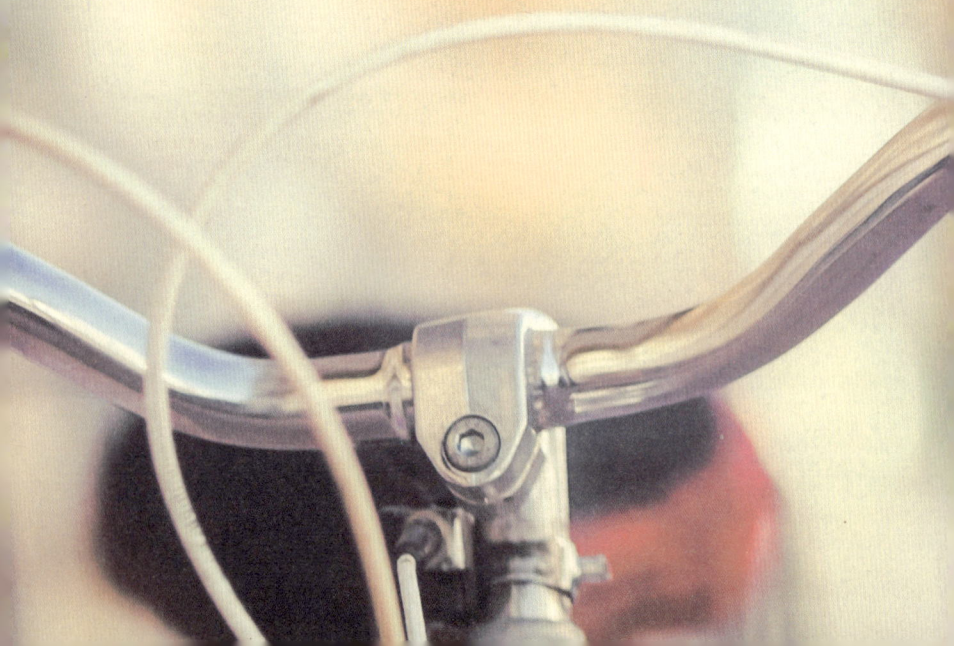

1

7/8/9

13

19/20/21

24/25

26/27

2/3/4/5	6
10	11/12
14/15/16/17	18
	22/23
	28/29/30/31

与其怀念，不如向往，
与其向往，不如说走就走去远方。

To Do List

想去的地方

想读的书

想看的电影

想吃的东西

想尝试做的事

"这世上有没有奋不顾身的爱情？"
"说得好像你没有经历过二十岁一样。"

如果你要提前下车，请别推醒装睡的我，
这样我可以沉睡到终点，假装不知道你已经离开。

我的时间很多，可是就算少一天，我还是会舍不得。我的朋友很多，可是就算少一个，我还是会舍不得。

我爱你，我无法抗拒，我就是爱你。

难过的时候，去哪里天空都挂着泪水。
后来发现，因为这样，所以天空格外明亮。明亮到可以看见自己。

我们朗读刚写好的情书，字斟句酌，比之后工作的每次会议都认真，似乎这样就可以站在春天的花丛永不坠落。我们没有秘密，我们没有顾虑，我们像才华横溢的诗歌，无须冥思，就自由生长，句句押韵，在记忆中铭刻剪影，阳光闪烁，边缘耀眼。

四季总是有一次凋零。结果无数次凋零。
相爱总是有一次分离。结果无数次分离。

我们在同一个时区，却有一辈子的时差。
时时在一起，时不时怀疑，最后相聚只能一时，分开已经多时。
你走得太匆忙，打翻了我手里所有的时间。它们零散地去了角落。
于是酩酊大醉有时，不知所踪有时，念念不忘有时，步履蹒跚有时，
去去过的地方有时，走走过的路有时，想想念的人有时，
记记忆的信有时。

那么多暗夜涌动的过往，不说，是因为想跟你在一起。

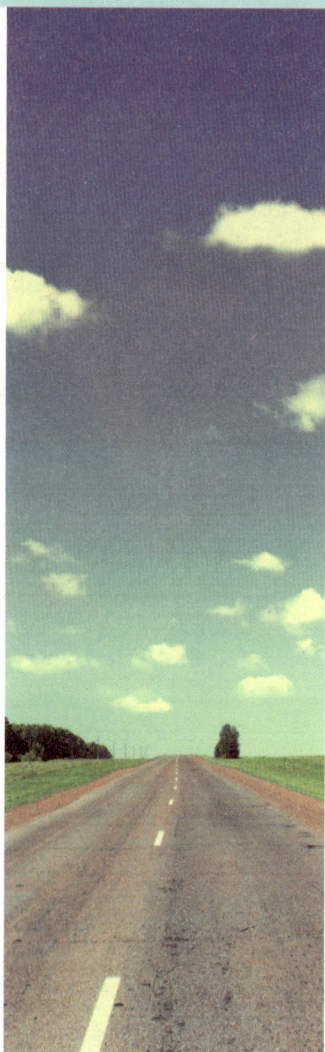

1

7/8/9

13

19/20/21

24/25

26/27

月

2/3/4/5

6

10

11/12

14/15/16/17

18

22/23

28/29/30/31

让自己换个方式，
只要不害怕，就来得及。

To Do List

想去的地方

想读的书

想看的电影

想吃的东西

想尝试做的事

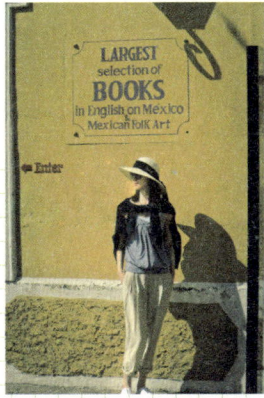

Monday	Tuesday	Wednesday	Thursday	Friday

Saturday	Sunday	

我想和你生活在一起，永远。

不知道你后来去了哪里，但有天你一定再次会砸开朋友
的门，傻笑着说：嗨，天气不错，出发吧。

Monday	Tuesday	Wednesday	Thursday	Friday

Saturday		Sunday		

Monday	Tuesday	Wednesday	Thursday	Friday

Saturday	Sunday	

每个人都有自己的保护神。
不放心自己，才把生命托付给你。

骄傲败给时间，知识败给实践，快乐败给想念，决定败给留恋，
身体败给失眠，缠绵败给流年。

你要学会，人群川流不息地在你身边晃动，像电影胶片的颜色，怀揣你自己的心，要到你想去的地方。

1

7/8/9

13

19/20/21

24/25

26/27

月

2/3/4/5	6
10	11/12
14/15/16/17	18
	22/23
	28/29/30/31

对这个世界绝望是轻而易举的；
对这个世界挚爱是举步维艰的。

To Do List

想去的地方

想读的书

想看的电影

想吃的东西

想尝试做的事

总有几分钟，其中的每一秒，你都愿意拿一年去换取。
总有几颗泪，其中的每一次抽泣，你都愿意拿满手的承诺去代替。
总有几段场景，其中的每幅画面，你都愿意拿全部的力量去铭记。
总有几句话，其中的每个字眼，你都愿意拿所有的夜晚去复习。
亲爱的，如果一切可以重来，我想和你，永远在一起。

十年醉了太多次，身边换了很多人，桌上换过很多菜，杯里洒过很多酒。
那是最骄傲的我们，那是最浪漫的我们，那是最无所顾忌的我们。
那是我们光芒万丈的青春。
如果可以，无论要去哪里，剩下的炭烤生蚝请让我打包。

世界上，总有一个人和你刚见面，
两人就互相吸引，莫名觉得是一个整体。
这就是你的反向人。

我希望买的鞋子是你渴望的颜色。我希望拨通你电话时你恰好想到我。我希望说早安时你刚好起床。我希望写的书是你欣赏的故事。我希望关灯时你正泛起困意。我希望买的水果你永远觉得是甜的。我希望点的每首歌都是你想唱的。

我知道自己喜欢你。但我不知道将来在哪里。
因为我知道，无论哪里，你都不会带我去。

跌跌跟跟源于无法的，都的无跌跌跟跟都的无一切的撞撞跄跄于自己法改变。

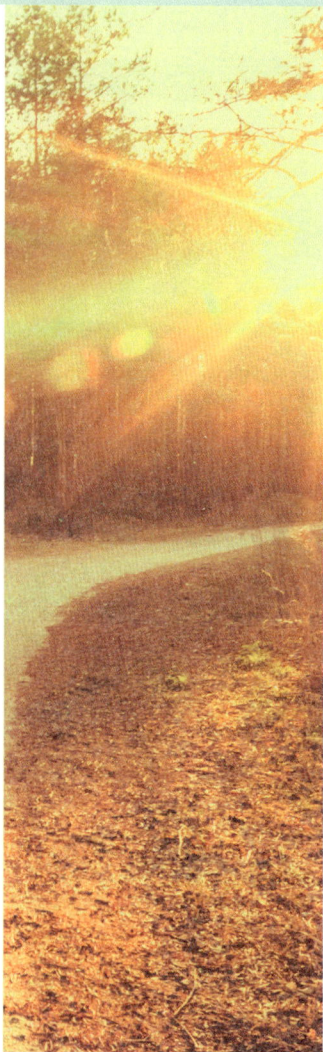

1

7/8/9

13

19/20/21

24/25

26/27

2/3/4/5

6

10

11/12

14/15/16/17

18

22/23

28/29/30/31

时间像永不停歇的浪潮，在你不经意的一天，把你推上豁然开朗的海阔天空。

To Do List

想去的地方

想读的书

想看的电影

想吃的东西

想尝试做的事

我们要沿着一切风景美丽的道路开过去，带着你最喜欢的人，把那些影子甩在脑后。去看无限平静的湖水，去看白雪皑皑的山峰，去看芳香四溢的花地，去看阳光在唱歌的草原。

去远方，而漫山遍野都是家乡。

恋爱不是一种能力。恋爱是两种能力。爱一个人的能
力和让对方爱你的能力。

把你最长的时间给我，就是对我最大的赞美。

我们喜欢《七龙珠》。
我们喜欢北条司。
我们喜欢猫眼失忆后的那一片海。
我们喜欢马拉多纳。
我们喜欢陈百强。
我们喜欢《今宵多珍重》。
我们喜欢乔峰。
我们喜欢杨过在流浪中一天比一天冷清。
我们喜欢远离四爷的程淮秀。
我们喜欢《笑看风云》，郑伊健捧着陈松伶的手，在他哭泣的时候
我们泪如雨下。
我们喜欢夜晚。我们喜欢自己的青春。
我们不知道自己会喜欢谁。

夜又深了，整个世界夜入膏肓。

不管是人生还是超市，都会重新洗牌的，会调换位置的。
能找到自己想要的东西就好，能埋单就好。

在一切最好的时光里，都闪烁着我们所有人的影子。

1

7/8/9

13

19/20/21

24/25

26/27

2/3/4/5	6
10	11/12
14/15/16/17	18
	22/23
	28/29/30/31

理智，
就是在无奈发生前，
提前离开。

To Do List

想去的地方

想读的书

想看的电影

想吃的东西

想尝试做的事

Monday

Tuesday

Wednesday

Thursday

Friday

Saturday

Sunday

Monday

Tuesday

Wednesday

Thursday

Friday

Saturday

Sunday

水太蓝，所以想念漫出地平线。
风都留在树林里，所以叶子喜欢唱情歌。
阳光打磨鹅卵石，所以记忆越来越沉淀。
雨水想看爱人一眼，所以奋不顾身落到伞边。
这些都是你的心事，只有我读得懂，别人走得太快，看都看不见。
白天你的影子都在自己脚边，晚上你的影子就变成夜，包裹我的睡眠。

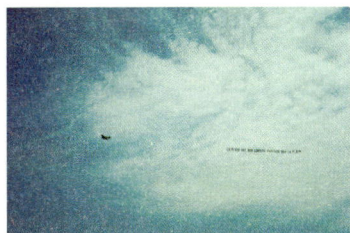

你已经把曾经深深爱你的人，从记事本里划掉了吧。
你已经被自己深深爱着的人，从记事本里划掉了吧。
你已经在很多个记事本里，被划掉了吧。
你已经把划掉的名字，回想过很多次了吧。
在这个漆黑的夜，很多人的愿望是在心里下一场刀子雨，
把赖在里边不走的人剁为肉泥。

不管谁说的真话，谁说的假话，都不过是岁月的一张便笺。
雨会打湿，风会吹走，它们被埋进土地，
埋在你行走的路边，慢慢不会有人再去看一眼。

你如果想念一个人，就会变成微风，轻轻掠过他的身边。
就算他感觉不到，可这就是你全部的努力。
人生就是这样子，每个人都变成各自想念的风。

每个清晨你都必须醒来，坐上地铁，路过他们的世界，人来人往，坚定地去属于自己的地方。

做怎样的跋山涉水，等怎样的跋山涉跎时光，都不重要重要的跎时光，重要的是对面有谁在等你。

1

7/8/9

13

19/20/21

24/25

26/27

2/3/4/5

6

10

11/12

14/15/16/17

18

22/23

28/29/30/31

很多时候，你应该感激那些毫不
顾及你的人。衰莫大于心不死，
幸莫过于死彻底。

To Do List

想去的地方

想读的书

想看的电影

想吃的东西

想尝试做的事

我们常说，轻易得来的，不会懂得珍惜。
其实不然，轻易得来的，你会害怕失去。
因为自己挣来的，更可贵的是你获得它的能力。
而从他人处攫来的，你会恐惧失去，一心想要牢牢把握在手中。

十二星座的光芒从不停歇，它们穿梭过你的生命，你永远在它们的共同辉映下。原本你以为自己属于其中之一，其实这一生，你都在缓缓经历着所有星辰的痕迹，有深有浅，却不偏不倚。

世事如书，我偏爱你这一句，愿做个逗号，待在你脚边。
但你有自己的朗读者，而我只是个摆渡人。

遇到事情的时候，就问自己，会不会死?

不会。那去他妈的。

会。我靠那不能搞。

我是有多愚蠢，我是有多渴望，
我是有多执迷不悟，我是有多空空荡荡。
你是有多善良，你是有多简单，
你是有多形单影只，你是有多踉踉跄跄。
大家笑得有多牵强，哭得有多委屈，想念是有多安然无恙。

我们都会上岸，阳光万里，路边鲜花开放。

1

7/8/9

13

19/20/21

24/25

26/27

2/3/4/5

6

10

11/12

14/15/16/17

18

22/23

28/29/30/31

一切都会过去的，
就算飞不起来，
有脚印就知道自己活着。

To Do List

想去的地方

想读的书

想看的电影

想吃的东西

想尝试做的事

如果你压抑，痛苦，忧伤，不自由，又怎么可能在心里腾出温暖的房间，让重要的人住在里面。如果一颗心千疮百孔，住在里面的人就会被雨水打湿。

Monday	
Tuesday	
Wednesday	
Thursday	
Friday	
Saturday	
Sunday	

我们喜欢说，我喜欢你，
好像我一定会喜欢你一样，好像我出生后就为了等你一样，
好像我无论牵挂谁，思念都将坠落在你身边一样。

总有一秒你希望永远停滞，哪怕之后的一生就此消除，
从此你们定格成一张相片，两场生命组合成相框，
漂浮在蓝色的海洋里。

纪念青春里的乘客，和没有返程的旅行。

有些东西明明一文不值，却不舍得丢掉，
有时候找不着还会急得坐立不安。
问题是它们越来越旧，越来越老，而我已经渐渐不敢看它们。
它们装在盒子里，放在角落里，像一部部电影，
随时都能让我重新看到一场大雨，
一次分离，一杯咖啡，一个拥抱……

因为我依然很喜欢你，所以不敢告诉你。
所以你永远不知道我有多喜欢你。
这样在有生之年，我还可以看到你。

下雨归下雨，不要欺负我的小狗。

Monday

Tuesday

Wednesday

Thursday

Friday

Saturday

Sunday

无论好不好，可你刚离开，我就开始思念。

Monday	
Tuesday	
Wednesday	
Thursday	
Friday	
Saturday	
Sunday	

总有一首歌，是我们都喜欢的；总有一本书，是我们都喜欢的。
总有一段时间，我们是彼此喜欢的。
总有些喜欢，在一段时间之后，是怎样都来不及的。
总有些东西，对你毫无价值，可是一直舍不得扔的。
我住在你丢掉的那首歌里面，怀抱所有音符。
我睡在你丢掉的那本书里面，封面封底夹着我所有的白昼与黑夜。

都有这样过吧，某一刻某一个人，给你带来生命的狂喜，之后无论这个人做什么，你都离不开。

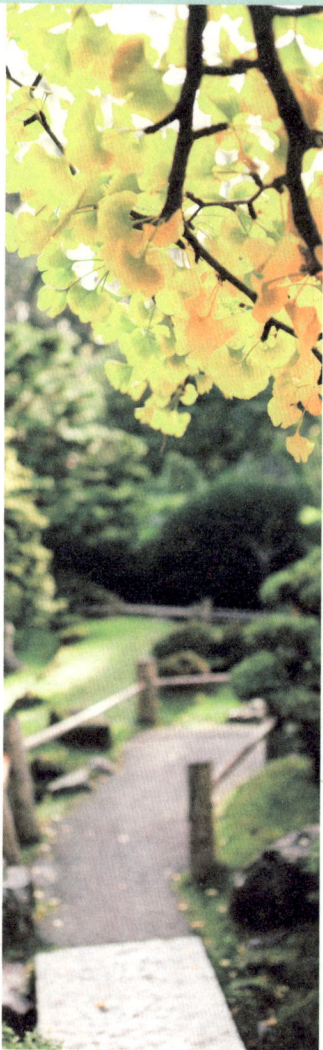

1

7/8/9

13

19/20/21

24/25

26/27

2/3/4/5	6
10	11/12
14/15/16/17	18
	22/23
	28/29/30/31

无论你自己是否乐意，
你都在慢慢变得强大。

To Do List

想去的地方

想读的书

想看的电影

想吃的东西

想尝试做的事

谁都唱过跑调的歌曲，你会用光所有力气，都找不到正确的音阶。其实别人的提示都是废话，只有你自己可以说，掐歌。

后来发现，我们学会放弃，是为了重新出发。理智一点儿，你是必须走的，因为只有这一个选择。

夜如此深，因为你安眠在我黑色的眼珠里。
一旦睁眼，你就天明，走进街道，走进城市，
走进人来人往，走进别人的曾经，一步一个月份，永不叫停。
我愿成为瞎子，从此我们都没有光明。
我无法行走，你无法苏醒。

年华一派细水长流的模样，绕着明亮的小镇，喧嚣的夜晚，像一条贪吃蛇，寻找路线前进，避免碰到落在身后的另外一个自己。

你燃烧，我陪你焚成灰烬。你熄灭，我陪你低落尘埃。你出生，我陪你徒步人海。你沉默，我陪你一言不发。你欢笑，我陪你山呼海啸。你衰老，我陪你满目疮痍。你逃避，我陪你隐入夜晚。你离开，我只能等待。

终将有一天，我要背上行囊登船了。不是那艘钢铁巨兽，只是一叶很小的竹筏。我会努力扎起薄弱的帆，希望你能看见一点遥远的白色。或许在深邃的宇宙中，偶尔你能注视一眼。
那就会让我知道，你安全地降落在另一片土地上，欢歌笑语，我们已经记不起什么叫作惆怅。

辜负谁，拥抱谁，牺牲谁，幸福的路七拐八绕，眼泪微笑混成一团，时间过去，一笔笔账目已经算不清楚。

深夜赶路的人，坠落山谷，在水里看星光都是冷的，再冷也要穿着湿漉漉的衣服，启程去远方，风会吹干的。

人人都会碰到这些事情。在原地走一条陌路。在山顶听一场倾诉。

在海底看一眼尸骨。在沙发想一夜前途。这是默片，只有上帝能给你配字幕。

朋友不能陪你看完，但会在门口等你散场，然后傻笑着去新的地方。

你驶离这座城市的时候，天好像黑了。
原来送别是这么容易天黑。

我希望和你在一起，如果不可以，那我就在你看不见的地方，永远陪着你。

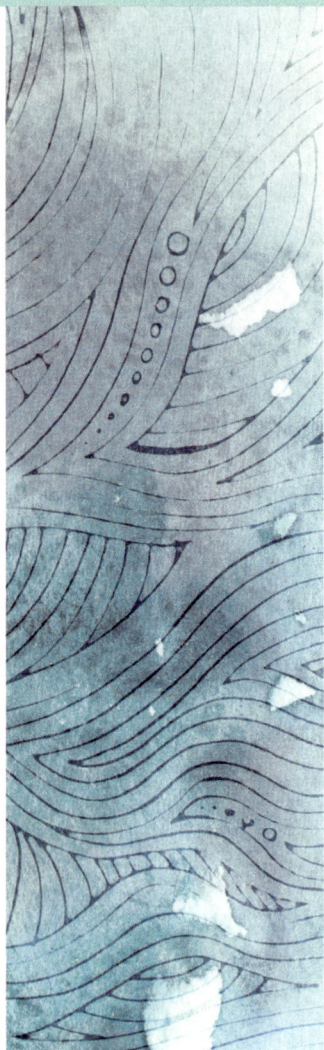

1

7/8/9

13

19/20/21

24/25   26/27

月

2/3/4/5   6

10   11/12

14/15/16/17   18

         22/23

         28/29/30/31

所有人的坚强，都是柔软生的茧。
属于你的另一个全世界，终会以豁然开朗
的姿态呈现，以我们必须幸福的名义。

To Do List

想去的地方

想读的书

想看的电影

想吃的东西

想尝试做的事

想趁着我年少的美妙时光，能对你好一些。
后来发现，只有不再年少，才有了对你好的能力。
可是这时候，你已经不在了。

Monday	Tuesday	Wednesday	Thursday	Friday

Saturday	Sunday	

人不犯我，我不犯人。
人若犯我，我气得哭了。

Monday	Tuesday	Wednesday	Thursday	Friday

Saturday	Sunday	

听完这首歌，你换了街道，你换了夜晚，你换了城市，你换了路标。你跌跌撞撞，做挚爱这个世界的人。

Monday	Tuesday	Wednesday	Thursday	Friday

Saturday		Sunday		

若我们都爱与过去聊天，那全世界都在失眠。

Monday	Tuesday	Wednesday	Thursday	Friday

Saturday	Sunday	

以前以为活下去，要有人捍卫自己。
现在发现活下去，是因为要去捍卫一个人。

我们都是普通人，我们距离坚强很远，我们终究敏感脆弱，可我们坚
信我们是会找到出路的。
对此永不怀疑。

后 记

我想这是条蜿蜒的河流，两岸丛林茂密，树木的根部没入水面，处处跳动着光斑。河水里有架钢琴顺流而下，在它四周还漂着倒扣的礼帽、干净的衬衫、破损的蛋糕盒、字迹模糊的笔记本、散落开的信笺、聚会结束后的酒杯，和浮浮沉沉的各式物件。

自己平躺在床垫上，偶尔会打个旋，和它们一起安静地淌向远方。

这大概就是时间带走的一切东西了。如果跳下水，不知道能不能等到同样正在漂流的你。

活着就是不停死去。凋谢就是不停怒放。悲伤就是不停微笑。孤独就是不停喧嚣。前进就是不停滞留。无论现在做了什么，都将成为河流里的乘客。

我希望有个如你一般的人，去所有的地方，倒影都在我身旁。

图书在版编目（CIP）数据

我希望有个如你一般的人 / 张嘉佳著. -- 长沙：
湖南文艺出版社，2014.6
ISBN 978-7-5404-6707-4

Ⅰ.①我… Ⅱ.①张… Ⅲ.①随笔 - 作品集 - 中国 -
当代 Ⅳ.①I267.1

中国版本图书馆CIP数据核字(2014)第087507号

上架建议：文学·随笔

我希望有个如你一般的人

作　　者：张嘉佳
出 版 人：刘清华
责任编辑：薛　健　刘诗哲
监　　制：陈江　毛闽峰
策划编辑：包　包　刘　霁
营销编辑：周　逸
整体装帧：利　锐
特约摄影：Iceyer
特约插画：朋鸟三告（新浪微博：@朋鸟三告）
出版发行：湖南文艺出版社
　　　　　（长沙市雨花区东二环一段508号　邮编：410014）
网　　址：www.hnwy.net
印　　刷：北京鹏润伟业印刷有限公司
经　　销：新华书店
开　　本：880mm×1230mm　1/32
字　　数：10千字
印　　张：7.5
版　　次：2014 年6月第1版
印　　次：2017 年10月第6次印刷
书　　号：ISBN 978-7-5404-6707-4
定　　价：59.00元
质量监督电话：010-59096394　　　团购电话：010-59320018